我會，我會，
尼尼都會！

圖 原愛美　文 Keropons　譯 許婷婷

尼ㄋㄧˊ尼ㄋㄧˊ，
來ㄌㄞˊ換ㄏㄨㄢˋ衣ㄧ服ㄈㄨˊ嘍ㄌㄡ！

我ㄨㄛˇ會ㄏㄨㄟˋ。 我ㄨㄛˇ會ㄏㄨㄟˋ。

尼ㄋㄧˊ尼ㄋㄧˊ要ㄧㄠˋ

自己穿～～～！

我ㄨㄛˇ會ㄏㄨㄟˋ穿ㄔㄨㄢ褲ㄎㄨˋ子˙ㄗ嘍ㄌㄡ！

我ㄨㄛˇ會ㄏㄨㄟˋ。 我ㄨㄛˇ會ㄏㄨㄟˋ。

尼ㄋˊ尼ㄋˊ

穿 好 了～～

來ㄌㄞˊ，穿ㄔㄨㄢ上ㄕㄤˋ襪ㄨㄚˋ子ㄗˇ。

我ㄨㄛˇ會ㄏㄨㄟˋ。 我ㄨㄛˇ會ㄏㄨㄟˋ。

尼^ㄋ尼^ㄋ # 穿　好

來ㄌㄞˊ，戴ㄉㄞˋ上ㄕㄤˋ帽ㄇㄠˋ子ㄗˇ。

我ㄨㄛˇ會ㄏㄨㄟˋ。 我ㄨㄛˇ會ㄏㄟˋ。

尼ㄋ尼ㄋ

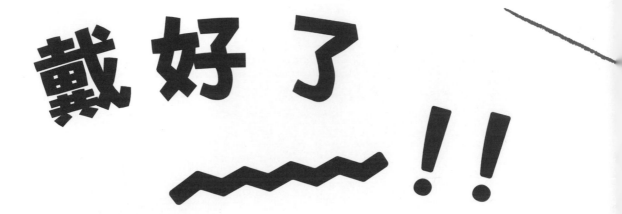

戴好了〰〰!!

好ㄏㄠˇ棒ㄅㄤˋ喔ㄛ！
尼ㄋㄧˊ尼ㄋㄧˊ很ㄏㄣˇ好ㄏㄠˇ看ㄎㄢˋ喔ㄛ！

來，穿上鞋子。

穿ㄔㄨㄢ不ㄅㄨˋ進ㄐㄧㄣˋ去ㄑㄩˋ。
穿ㄔㄨㄢ不ㄅㄨˋ進ㄐㄧㄣˋ去ㄑㄩˋ。

穿ㄔㄨㄢ不ㄅㄨ進ㄐㄧㄣ去ㄑㄩ。
穿ㄔㄨㄢ不ㄅㄨ進ㄐㄧㄣ去ㄑㄩ。

穿好了。穿好了。
你很棒喔！

尼ㄋㄧˊ尼ㄋㄧˊ，你ㄋㄧˇ會ㄏㄨㄟˋ穿ㄔㄨㄢ了ㄌㄜ˙！
你ㄋㄧˇ做ㄗㄨㄛˋ到ㄉㄠˋ了ㄌㄜ˙！

尼ㄋㄧˊ尼ㄋㄧˊ笑ㄒㄧㄠˋ咪ㄇㄧ咪ㄇㄧ。
要ㄧㄠˋ出ㄔㄨ發ㄈㄚ嘍ㄌㄡ！

繪本 0245

我會，我會，尼尼都會！

圖｜原愛美 文｜Keropons 譯｜許婷婷

責任編輯｜張佑旭 特約編輯｜張瑞芳 美術設計｜林家蓁 行銷企劃｜劉盈萱
天下雜誌群創辦人｜殷允芃 董事長兼執行長｜何琦瑜
媒體暨產品事業群
總經理｜游玉雪 副總經理｜林彥傑
總編輯｜林欣靜 行銷總監｜林育菁 副總監｜蔡忠琦 版權主任｜何晨瑋、黃微真

出版者｜親子天下股份有限公司 地址｜台北市 104 建國北路一段 96 號 4F
電話｜(02)2509-2800 傳真｜(02)2509-2462 網址｜www.parenting.com.tw
讀者服務專線｜(02)2662-0332 週一～週五：09:00～17:30
讀者服務傳真｜(02)2662-6048 客服信箱｜parenting@cw.com.tw
法律顧問｜台英國際商務法律事務所‧羅明通律師
製版印刷｜中原造像股份有限公司
總經銷｜大和圖書有限公司 電話｜(02)8990-2588

出版日期｜2020 年 4 月第一版第一次印行
　　　　　2024 年 4 月第一版第六次印行
定價｜280 元 書號｜BKKP0245P ISBN 978-957-503-561-7(精裝)

訂購服務 --------------------------
親子天下 Shopping｜shopping.parenting.com.tw
海外‧大量訂購｜parenting@cw.com.tw
書香花園｜台北市建國北路二段 6 巷 11 號 電話 (02)2506-1635
劃撥帳號｜50331356 親子天下股份有限公司

立即購買 >

圖 原愛美

插畫家、藝術總監。
從人物設計至廣告涉足多領域。以自家兩歲多孩子為範
本設計出細膩寫實且惹人憐愛的小尼尼形象。

文 Keropons

增田裕子和平田明子所組成的音樂團體。
創作適合孩子歌謠的作詞、作曲與編舞，也在親子演
唱會或以保育員為對象的講座中演出。除此之外亦發表
繪本作品。

譯 許婷婷

東京大學教育學博士課程修畢，御茶水女子大學文學碩
士，淡江大學文學碩士，具備日本口譯協會專業口譯執
照。2008 年成立【藍莓媽咪日文繪本親子讀書會】，透
過繪本和童謠，以童心韻文和溫馨手指謠的方式，帶領
所有愛聽故事的孩子們進入日文繪本故事的殿堂，繪本
譯作有《爺爺的天堂筆記本》、《脫不下來啊！》(三采
出版)、《我們大不同》(小魯出版)等。